Escapando del Pacaya

Escrito por Nicolas Brasch
Ilustrado por Mark Jones

Lee Aucoin, *Directora creativa*
Jamey Acosta, *Editora principal*
Heidi Fiedler, *Editora*
Producido y diseñado por
Denise Ryan & Associates
Ilustraciones © Mark Jones
Traducido por Santiago Ochoa
Rachelle Cracchiolo, *Editora comercial*

Teacher Created Materials
5301 Oceanus Drive
Huntington Beach, CA 92649-1030
http://www.tcmpub.com
ISBN: 978-1-4807-4034-1

Printed in China
51497

Alguien me preguntó una vez:

—¿Cómo es vivir cerca de un volcán?

Y yo le pregunté:

—¿Cómo es no vivir cerca de un volcán? He vivido siempre aquí. No conozco nada diferente.

Entonces le conté mi historia. La mayoría del tiempo, el volcán Pacaya está calmado. Pero algunas veces hay pequeñas explosiones. Puede salir lava y cenizas de la cima. Luego se calma de nuevo.

Ese día fue diferente. El volcán parecía un dragón escupiendo fuego. Primero se oyó un ruido. Sonó como un trueno invadiendo el cielo.

—¡El volcán entró en erupción! —gritó mi mamá. Vimos un enorme resplandor anaranjado mientras salían lava y llamas del Pacaya. El resplandor se hizo cada vez más brillante. Llenó el cielo—. ¡Corre, Juan, corre! —gritó mi mamá.

Ella agarró a mi hermana. Los tres corrimos a la estación del autobús.

No estábamos solos. Todo el mundo sabía qué hacer cuando el Pacaya entraba en erupción: ¡correr! Los autobuses comenzaron a llevar personas a pueblos lejanos.

—¿Qué pasó con mi papá? —grité.

TERMINAL
DE BUSES
CAMIONES Y PICKUP
LA MUNICIPALIDAD

Mi papá estaba trabajando en una granja cercana al pie de la montaña.

—Estará bien —me dijo mi mamá. Pero se veía preocupada.

Miré por la ventana del autobús. Parecía como si una gigantesca sábana anaranjada estuviera cubriendo la tierra. Yo sabía que era lava, pero pensar que era una sábana me hizo sentir mejor.

Mientras el autobús se alejaba de nuestro pueblo, vi que la lava llegaba a la base de la montaña. Y luego a las casas. Pronto, mi pueblo quedó cubierto de lava roja.

Los autobuses nos llevaron a un salón grande. Unas personas amables nos dieron comida, agua y sacos de dormir. Llegaron más y más personas en las próximas horas. Yo miraba la puerta en busca de mi papá.

Anocheció. Mi mamá me pidió que durmiera un poco. Pero yo seguía mirando la puerta.

Entonces, entró un grupo de personas. Todas se veían iguales. Estaban cubiertas de ceniza.

Una de ellas corrió hacia nosotros. ¡Debe ser mi papá! Nos abrazó a los tres tan fuerte como pudo. Nosotros también lo abrazamos con fuerza.

¡Era mi papá!

El volcán destruyó nuestra casa. Destruyó nuestro pueblo. Pero mi papá estaba a salvo.